もくじ

そらいろの空

ゆうやみへ

はじまりの朝は銀いろ太古より
朝露の一滴　長い夢だと思う

水の匂いする　淋しさ来る前に
撓んだまま鏡の奥へ消える時間
ペン先でつつくまだやわらかい月

万葉仮名で書かれている契約書

春の岸諸般の事情打ち寄せる

猫のひげ日がな一日雨を編む

扉のない誰も知らない二号館
継ぎ目からときどき洩れる笑い声
桜闇かすかに鉄の匂いして

花冷えを一枚はさむ新刊書
ゆらぎ終え水面は布になりすます
ひとひらが舞う風のかたちにこだわって

葉桜の深層心理へ潜りこむ

傷を見せ合う琴線に触れぬよう

夕暮れから夕闇までのがらんどう

かげろうをひと匙入れる処方箋
メタファーの有効期限が過ぎている
みどり全開まだ抽象になりきれず

木洩れ日で洗う五月の裏側も

茶葉踊る好きなフレーズ繰り返し
いちにちがそよぐレモンのような午後
雨になる前の雨音聴いている

さえずりの零れるひとつ髪に挿す
花びらと同じ浮力になる言葉
微睡んで猫もチーズも溶けてゆく

夕闇へ行方不明という遊び

曳いてゆくキャリーバッグと地平線

時間は止まりたい　門は歩きたい

分館へ

この辺に夏の扉があったはず
ソックスの中に隠れる草っぱら
切り絵から抜け出してゆく黒揚羽

弾みすぎアリスの鞠は痣だらけ

こんとんを包む一枚のハンカチ

遥かまではつなつの水汲みにゆく

木の中の木が水色になり立夏

ゆっくりとさざなみいろになる涙
かきつばた割れてみずうみ現れる
祝祭の更地に置いてきた夕陽

散骨は虹の遺言でしたから

夕焼けごと風ごと帽子盗まれる

濃い影を持つ人といる炎天下

どの砂も地上の星になるつもり
溜息は薔薇星雲を泳ぎきる
流星の銀のしっぽを離さない

砕かれて短編集になる真昼

いちにちを対角線に折りなさい

捥ぎたての雲の置かれる作業台

リアス式海岸線に絡まれる
きのうより五ミリずれてる地平線
断崖でバスと晩夏がすれちがう

なりゆきを琵琶湖の岸へ置いてくる

膝を抱くひと夏分の青を抱く

香水の一滴ずつに物語

水鳥は哀しみ畳むように降り
わたしより淋しく匂う金木犀
分館へ運ばれてゆく月の暈

みずうみに星が響けば秋ですね

小鳥くるやることリストぶら下げて

太古より木の実降る道裁判所

あかるさへ

むらさきの縁の正しいほつれ方
どちらかと言えばコスモス的思考
砂漠なら昨日たたんでおきました

動かない時間の匂いする小部屋
まっ黒の清く正しい暗闇です
脱走の一部始終を見たザクロ

待ち針も糸も花野の影をもつ

駅裏に打ち捨てられた茜雲

ゆきさきは忘却という明るさへ

コーヒーに砂糖一杯秋二杯

霧満ちて空欄という部屋の中

推敲の途中で秋に呼び出され

どこまでが夜　どこからが一行詩

焦燥の果て引き揚げられるティーバッグ

ラピスラズリ封印されている夜明け

夢殿がまだ風の舟だったころ

月光の銀を注ぎ足し育つ森

水仙は冬の門番かもしれぬ

黒髪を梳くたび増えてゆく夜空

黄昏の鈴を鳴らしてくる詐欺師
あれこれを輪ゴムで留めて冬ざるる
追憶の帯をほどいてゆく林檎

夜空いっぱいビッグデータ撒き散らす
置き去りにされる銀河の端の端
こんなところに水と時間の分岐点

月冴えて影のクリアランスセール

白鳥の眠り　崩れる角砂糖

星降らす仕事が入るクリスマス

順番に空を呑みこむ鳥の列

夜よりも深く沈んでゆく枕

憶測をスプーンで掬う水曜日

欄外へ

ヒヤシンス朝の窓辺の中立国

腕高く二月のひかり結い上げる

夢盗んだことゆめゆめ他言せぬように

満月が照らす月への搭乗者名簿

さざなみのひとつがふいに立ちあがる

きょうから春　空にうっすら発効日

スカートの裾野をバスがやってくる
春風が読んでいたのはジェンダー論
紫のつぶやきだけを選り分ける

おひとりさまのロイヤルミルクティーな日
荷をほどくように花びら散ってゆく
スリッパ立てに置き去りのままの朝

桜満開誤植のひとつふたつみつ

昼の月一族はみな人見知り

まばたきをするたび増えてゆくキャベツ

消えてゆく泡をひねもす数えてる
くちばしも翼もあるが空がない
花いかだ風の仮説を組みなおす

暗喩のような暮色のような椅子ひとつ

待つことに疲れて岸は歩きだす

欄外へ雨は静かに降り続く

あじさいが割りこんでくる夢の中
雨脚をつかめば握りかえす雨
みずいろのエコーをかけて訴える

なぞるたび雨の領域ふくらんで
真夜中の鉄砲百合に狙われる
キャンプファイヤー星くず燃やす祀りかな

ひまわりの事情聴取が続いている
夜明けまで月光編んだりほどいたり
先頭は銀河へ続くお弔い

書き味が風になるまで試し書き
じわじわと記憶に残る青インク
ぬっと夕陽水平線を踏みはずす

ひとひらになりそこなったメモ用紙

晩夏とは岬の風の舌触り

勿忘草は風の一族かもしれぬ

楼蘭へ

残響に触れたものから秋になる
ふくろうの森　ふくらんでゆく時間
眠り着く白い廊下を遡上して

ベランダでわたしの空を育てている
木の実降る小径に風のゆうびん局
光速で閉じられてゆく秋も街も

枯れ葉踏む音で崩れるミルフィーユ

暗澹を抱え胡桃の洞の中

ふところから夕凪という切り札

秋うらら誤配で届く象の耳
散る準備できて風を待つだけです
ほおづえがそのまま雲になってゆく

シャンパンの泡の一つに紛れている
冬銀河シュガーポットに零れ落ち
りんご切る黄昏いろの断面図

セーターのほつれ　雨と雨のもつれ
十二月街は光のがらんどう
さよならのかたちに星座組みなおす

月を浴びとてもきれいに枯れました

クリスマス仕様　地蔵もあんパンも

淡雪が駆けこみ乗車海の駅

発端が絡み合ってる時計台
散らかってますがどうぞと落椿
胸奥に刺さったままの道がある

こんとんを通過しますと車内放送

金屏風の虎が一頭逃げた夜
新月の扉ひらけば楼蘭へ

梅として言っておきたいことがある
新しい坂を栞にしておこう
眼差しが窓をあふれる満月だ

立春にファスナー少しひらく森

ぞろぞろと正門を出る桜の木

菜の花が腰かけている空の階

そらうたを教えてくれたポプラの木
パラフィンにさざなみ包む花曇り
梱包をほどく朧を崩さぬように

一行の月光　一枚の夜明け

目覚めてる途中で錨下ろされる
夕焼けはオムライス式崩れ方
本棚に挟んだままの滑走路

はつなつの略図辿れば水の村
二杯目は雨のソネット聴きながら
アネモネはあねもねいろに溺れている

月光の折れたあたりに舟が着く

走り梅雨最終章まで斜め読み

バックヤード夏草の夢ほとばしる

ひまわりは長編小説執筆中
午後からは水平線になるつもり
果樹園の木と木を繋ぐシャツを干す

夕闇をごっそり盗む裏の猫
橋落ちることばが触れただけなのに
空き瓶に投げ入れられている晩夏

崩落は夜の金魚のあぶくから

両肘を張ってきのうを通さない
サンダルをつっかけてゆく夏の果
沖までのきょうの遠さと静けさと

その先へ

バニラ風味わさび風味と付箋貼る
夏空を畳んで仕舞うバイトです
空よりも高いところで揺れるレモン

落城の祈りのかたち曼殊沙華
背景がはじめに泣いてどうするの
秋天の端に接岸することば

遠浅の空なら歩いて行けそうな
気をぬくと夜空になってしまう髪
二杯目の紅茶冷めるまでの話

さよならが雨にもつれてほどけない
出典は楡家の雲の巻だとか
美しき破調を塔に高く干す

小春日を食べる窓辺のテディベア
花束のように薄陽を抱いている
朝になるまで波に寄り添う岸辺

ゆめの字が流れる特急の車窓
なりたいものの一つに秋の水族館
水を編むいずれは辿り着けるもの

絶望の淵ゆくような紅葉狩

一斉送信みんなで散る話

名物はないけど広い空がある

編み棒で秋から冬をくぐらせる

拭いても拭いても滲んでくる夕陽

窓越しの月の光で読むメニュー

クリスマス街はツリーに吊るされて
あいまいな部分に当てるアップリケ
本ひらくように白鳥翔び立てり

舟になるフランボワーズの夜だから

Butterfly　夢のつづきのその先へ

眠らない冬を撫でたりなだめたり
次の日もはじめましてと朝が来る
証人としてゆきずりのフリージア

新しいひと水も光も引き寄せて
汽車が出る少しめくれたところから

説得のパウダーシュガー降り積もる

美しく箱積み上げられてゆく聖夜

ちぐはぐなものを残して十二月

流域が冬野になっている楽譜

ぐっすりと魚の眠る月の部屋

水仙の瞳の端を走る使者

抽斗の奥にピンクのすべり台
物語のようにリボンほどかれる
階段が折り畳まれている手紙

ティーカップ銀の縁より淑気立つ

福寿草白いページに咲くつもり

インク壺かすかに青い森匂う

ちょっとだけ今を先ゆく春帽子

初蝶から一枚のメモ　風の地図

さよならがとてもきれいに咲きました

時間から桜こぼれる夜の底
疑いは丘陵地帯へ続いてゆく
硝子のペンも青い刹那もコワレモノ

仲間から離れて寄って花筏

影うすい順に並べる日向ぼこ

薔薇の時間を漂っているベンチ

液晶にぽっかり浮かぶ不審物

端と端あわせて畳んでおく夜

薫風やまばたき繰り返す水面

はじまりへ

はつなつの糖質ゼロという岸辺
くちびると雨降る湖畔までの距離
つま先で明日の水面を引き寄せる

紫陽花の二重ロックの闇開ける
奥の間で雨のページをめくる音
まならの光年先にレインツリー

遠景を炭酸で割る夏を割る

契約が絡みあってる蜘蛛の糸

茶柱のその一本にしがみつく

雨ばかり降る窓の位置かえてみる

黒板消しで虹を消したの誰ですか

野に沈む真昼を繋ぐ連結器

白桃のきのうの夢の中にいる

冷蔵庫の寝息、　読点の羽音

さらさらと風説生んでいる砂丘

雨の日は取りこんでおく天の川
ある夏の白いページに二泊する
うっすらと生春巻きに透ける声帯

また一人転んだらしい夢見坂
バター焦げひまわりの午後崩壊す
夏いろの折れたクレヨン夥し

机上論置くには丁度いい梢
地平線はぐったり　夏を見送って
夕焼けになってしまった子供たち

ミシン踏む一〇〇枚夜を縫いあわす

満月が降りる立体駐車場

リリアンの抜糸の痕のある晩夏

栓を抜くシュプレヒコール溢れだす

数枚のタオルを干しに遥かまで

花野という大きな息の中にいる

仮の名で仮の世をゆく曼殊沙華

盗みたいもののリストに秋ひとつ

署名捺印終えてきれいに空を拭く

野ぶどうは遠い親類だと思う

雑貨屋まで少女夕陽を転がして

コスモスをほったらかしにして帰る

田園を静かにたたむ秋の蝶

ゆめほどく時間　まぼろし織る時間

くちびるを触れてゆくのは風の舌

紅葉散りつくし明るい乱数表

まぼろしを追いかけ伸びてゆく睫毛

体内に月の木のある部屋ひとつ

みずうみはそろそろ秋を発つ支度

カーソルは虚空のはざま浮遊する

インストール終わりいつもの駅前広場

スプーンの背中を降りてくる真冬

コットンに夜を含ます化粧水

さよならが今満開で満月で

チョコレート通り恋人通りとバスがゆく

冬麗の月のことばの裏おもて
$\sqrt{3}$をゆくアリスの靴履いて
テロップが漂う誰もいない街

北階段から記憶の軋む音
道だってときには道をはずれたい
親展という夕焼けを送られる

視野検査　春の部分が見えません
待ち針で留めておくそらいろの空

春愁もシュークリームも同じ顔

青空×菜の花はπである

筆圧を変える　スイートピーへ手紙

風にそよいでいる道のようなもの
夢の端くわえ名もない鳥がくる
着水は朝という名のみずうみに

もう風に半分なっているリボン

その次の空にもあった非常口

はじまりか終わりか花に囲まれて

あとがき

子どもの頃、正月の晴れた日に、よく凧揚げをした。父にコツを教えてもらいながらだったが、風に乗せて、高く上げることがなかなかできない。半ば、あきらめかけたとき、グイッと手応え。一瞬、凧に引っ張られたかと思うと、凧がスルスルと空高く舞い上がっていった。見上げた空は、ピーンと張られた真っ青な一枚の布のよう。その空を気持ちよさそうに凧が泳いでいる。凧が空に上がる瞬間のあの「グイッ」は、まるで空が凧を引っ張り上げてくれたような感覚だった。

川柳と出合ったのは、関東から京都に移って少し経った二十数年前。ある日、新聞の文芸欄を見ていると、川柳と目が合った、と思った。子どもの頃、空が凧を引っ張り上げてくれたあのグイッという手応えと同じ感覚。川柳に引っ張り上げられたような感覚である。川柳に「遊びにおいでよ。」と誘われたような…。それ以来、五七五の向こうに広がるもう一つの世界を行ったり来たりしている。

『そらいろの空』は、十一年前のフォト句集『ペルソナの塔』に次ぐ第二句集である。この句集ができあがる頃には、住まいを関西から生まれ育った東京に移している。川柳と共にあった京都、神戸での暮らしの節目の句集でもある。

川柳を通して出会ったすべての人に深く感謝申し上げますと共に、この句集を手に取り、ページをひらいてくださった方々に、心よりお礼申し上げます。

二〇二五年春

西田雅子

著者略歴

西田雅子（にしだ・まさこ）

東京都生まれ。

1993年　京都へ移住。

2003年　新聞の川柳欄に投句を始める。坂根寛哉氏に師事（「川柳若葉の会」）。
「川柳黎明舎」元舎員、「現代川柳琳琅（「現代川柳新思潮」改め）」元正会員。

2014年　句集『ペルソナの塔』（あざみエージェント）

2018年　神戸へ移住。

2021年　川柳を中心にことばの魅力をWebで楽しむ会「ゆに」副代表。

2025年から東京在住。

ゆに　https://uni575.com